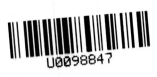

This **book** belongs to:

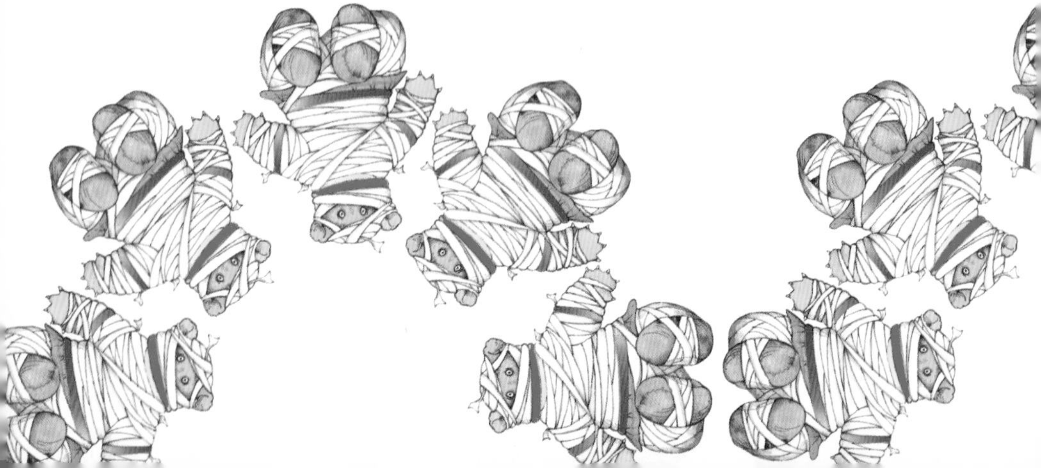

Leon's Fancy Dress Day

First published in Great Britain in 1998 by

Macdonald Young Books

李恩妙扮裝

Alan MacDonald 著
Sally-Anne Lambert 繪
楊綺華 譯

三民書局

Miss Trotter had news for her class. It was the school **fair** on Saturday.

"There will be a fancy dress **parade**," she said. "You can all **dress up**. The best **costumes** will win a prize."

The class all began to talk **at once**.

查特老師在課堂上宣佈了一個消息——星期六學校要舉行園遊會。

「園遊會當天將有化裝遊行，」查特老師說：「你們大家都可以盛裝打扮一番。裝扮得最好的人還可以贏得獎品哦！」

全班馬上開始討論了起來。

fair [fɛr] 名 義賣會；博覽會
parade [pə`red] 名 遊行
dress up 盛裝，打扮
costume [`kastjum] 名 服裝
at once 馬上

Leon's friends were **excited**. They were all going to enter the fancy dress parade. Only Leon looked worried.

"I'm going as a **pirate**," said Guy.

"And I'm going as a **spaceman**," said Felix.

"I've got my own doctor's **outfit**," said Patsy proudly. "What are you going as, Leon?"

Leon looked at the ground.

"Er... um... it's a secret," he **mumbled**.

What shall I wear?
我要怎麼打扮呢？

李ㄌ恩ㄣ的ㄉㄜ朋ㄆㄥ友ㄧㄡ都ㄉㄡ好ㄏㄠ興ㄒㄧㄥ奮ㄈㄣ，他ㄊㄚ們ㄇㄣ都ㄉㄡ要ㄧㄠ參ㄘㄢ加ㄐㄧㄚ這ㄓㄜ次ㄘ的ㄉㄜ化ㄏㄨㄚ裝ㄓㄨㄤ遊ㄧㄡ行ㄒㄧㄥ，只ㄓ有ㄧㄡ李ㄌ恩ㄣ一ㄧ副ㄈㄨ悶ㄇㄣ悶ㄇㄣ不ㄅㄨ樂ㄌㄜ的ㄉㄜ樣ㄧㄤ子ㄗ。

　　「我ㄨㄛ要ㄧㄠ打ㄉㄚ扮ㄅㄢ成ㄔㄥ海ㄏㄞ盜ㄉㄠ的ㄉㄜ樣ㄧㄤ子ㄗ。」阿ㄚ凱ㄎㄞ說ㄕㄨㄛ。

　　「我ㄨㄛ要ㄧㄠ扮ㄅㄢ個ㄍㄜ太ㄊㄞ空ㄎㄨㄥ人ㄖㄣ的ㄉㄜ模ㄇㄛ樣ㄧㄤ。」菲ㄈㄟ立ㄌㄧ斯ㄙ說ㄕㄨㄛ。

excited [ɪk`saɪtɪd] 形 興奮的
pirate [`paɪrət] 名 海盜
spaceman [`spes,mæn] 名 太空人

「我ㄨㄛˇ自ㄗˋ己ㄐㄧˇ有ㄧㄡˇ一ㄧ整ㄓㄥˇ套ㄊㄠˋ醫ㄧ生ㄕㄥ的ㄉㄜ˙行ㄒㄧㄥˊ頭ㄊㄡˊ呢ㄋㄜ˙！」佩ㄆㄟˋ琪ㄑㄧˊ驕ㄐㄧㄠ傲ㄠˋ地ㄉㄧˋ說ㄕㄨㄛ。「那ㄋㄚˋ你ㄋㄧˇ要ㄧㄠˋ打ㄉㄚˇ扮ㄅㄢˋ成ㄔㄥˊ什ㄕㄜˊ麼ㄇㄜ˙呢ㄋㄜ˙？李ㄌㄧˇ恩ㄣ？」

李ㄌㄧˇ恩ㄣ看ㄎㄢˋ著ㄓㄜ˙地ㄉㄧˋ上ㄕㄤˋ。

「呃ㄜˋ……嗯ㄣ……這ㄓㄜˋ是ㄕˋ祕ㄇㄧˋ密ㄇㄧˋ。」李ㄌㄧˇ恩ㄣ自ㄗˋ言ㄧㄢˊ自ㄗˋ語ㄩˇ地ㄉㄧˋ說ㄕㄨㄛ。

outfit [`aʊtˌfɪt] 名 全套服裝
mumble [`mʌmbl̩] 動 含糊地說

Leon didn't say a word on the way home.

He was thinking about the fancy dress parade.

The trouble was he didn't know what to wear. His friends had **picked** all the best ideas.

"I'll never win a prize," he **sighed** to himself.

回家的路上李恩一言不發。

他在想化裝遊行的事。

傷腦筋的是他根本不知道穿什麼才好。他的朋友把所有的好點子都用光了。

「我是絕不會得獎的。」他對自己嘆了一口氣。

pick [pɪk] 動 挑選
sigh [saɪ] 動 嘆氣

At supper he told his mum about the parade.

"What can I go as?" asked Leon.

"All my friends are going to enter."

Leon's mum thought hard.

晚飯的時候，李恩告訴媽媽遊行的事。

「我要打扮成什麼樣子呀？」李恩問。

「我的朋友都會參加呢！」

李恩的媽媽很認真地幫李恩想法子。

supper [`sʌpɚ] 名 晚餐

"There's your sister's **ballet** dress **upstairs**. You could go as a good **fairy**," she said.

Leon **made a face**. He didn't want to go as a good fairy. His friends would **laugh at** him.

「樓上有你姊姊的芭蕾舞衣。你可以打扮成一個善良的仙女。」媽媽說。

李恩皺了一下眉頭。他才不要打扮成小仙女呢！他的朋友看到了，一定會嘲笑他。

ballet [bæ`le] 名 芭蕾
upstairs [`ʌp`stɛrz] 副 在樓上
fairy [`fɛrɪ] 名 小仙女
make a face 皺眉頭；做鬼臉
laugh at 嘲笑

Leon looked in his mum and dad's **wardrobe**.

He wanted to dress up as a cowboy. But his mum's hat was too **floppy**. And his dad's **trousers** were too big.

李恩在爸媽的衣櫥內東翻西找。

他想扮成一個牛仔，可是媽媽的帽子太軟，爸爸的長褲又太大了。

wardrobe [ˋwɔrd͵rob] 名 衣櫥
floppy [ˋflɑpɪ] 形 鬆軟的
trousers [ˋtraʊzɚz] 名 長褲

He tried to dress up as a clown.

But he used too much of his mum's **make-up**.

他ㄊㄚ試ㄕ著ㄓㄜ打ㄉㄚˇ扮ㄅㄢˋ成ㄔㄥˊ小ㄒㄧㄠˇ丑ㄔㄡˇ。

可ㄎㄜˇ是ㄕˋ他ㄊㄚ塗ㄊㄨˊ了ㄌㄜ太ㄊㄞˋ多ㄉㄨㄛ媽ㄇㄚ媽ㄇㄚ的ㄉㄜ化ㄏㄨㄚˋ妝ㄓㄨㄤ品ㄆㄧㄣˇ了ㄌㄜ。

make-up [`mek,ʌp] 名 化妝品

He thought he might go as a ghost.

But he kept getting **tangled** up in the **sheet**.

"I'll never win a prize," **moaned** Leon.

他想也許可以扮成鬼吧！

可是他老是被被單絆到。

「我是絕不會得獎的。」李恩發起牢騷來。

tangle [`tæŋgl̩] 動 糾結在一起
sheet [ʃit] 名 床單
moan [mon] 動 發牢騷，抱怨

Just then he saw something in his toy box.

It was a black mask. He'd cut it out of a cornflakes packet a long time ago.

Leon **put** it **on** and looked in the mirror. It looked good.

"I'm a big bad robber," **growled** Leon.

就在這個時候，他看到玩具箱裡有件東西。

那是一個黑色的面具，是他好久以前從玉米片的包裝盒上剪下來的。

李恩戴上面具，照了照鏡子。看起來很不錯呢！

「我是個壞蛋大盜！」李恩學強盜咆哮著說。

put...on 戴上…，穿上…

growl [graul] 動 咆哮

Leon's mum was **watering** the flowers.
Suddenly Leon jumped out at her.
"BOO!" he shouted.

"Hello Leon," smiled his mum.
"I'm a big bad robber," said Leon.
"Did I **scare** you?"
His mum just laughed.

李恩的媽媽正在花園澆花。

李恩突然跳到她後面大叫一聲：「吼！」

「哈囉！李恩。」媽媽對他微笑。

「我是壞蛋大盜。」李恩說。

「我有沒有嚇到妳呀？」

媽媽只是笑笑。

water [`wɔtɚ] 動 給（植物）澆水

scare [skɛr] 動 使受到驚嚇

Leon went off in a **sulk**. His mask was meant to be scary not funny.

He **tripped** over the garden **hose**.

"Ow! Stupid mask! I can't see where I'm going!"

On Saturday it was the summer fair.

Leon wore his big bad robber's mask. It was the only costume he had.

李恩不高興地走開。他的面具應該要讓人感到害怕，而不是好笑。

他一不小心絆到了花園的噴水管。

「噢！笨面具！戴著它我都看不到路了！」

星期六，夏季園遊會的日子到了。

李恩戴著他那個「壞蛋大盜面具」，這是他唯一能想出來的裝扮。

sulk [sʌlk] 名 不高興
trip [trɪp] 動 絆倒
hose [hoz] 名 橡皮水管

All his friends were at the fair. Their costumes were much better than Leon's.

"I'll never win a prize," sighed Leon.

李恩的朋友都到了。他們的服裝果然都比李恩的棒多了。

「我絕不會得獎的。」李恩嘆了一口氣。

Leon saw Patsy standing **on her own**. He wanted to jump out and scare her.

"BOO!" he shouted. But Patsy's doctor's bag was on the ground.

Leon tripped over it and **fell flat** on his face.

李ㄌㄧˇ恩ㄣ看ㄎㄢˋ到ㄉㄠˋ佩ㄆㄟˋ琪ㄑㄧˊ一ㄧ個ㄍㄜˋ人ㄖㄣˊ站ㄓㄢˋ在ㄗㄞˋ那ㄋㄚˋ兒ㄦ，想ㄒㄧㄤˇ跳ㄊㄧㄠˋ過ㄍㄨㄛˋ去ㄑㄩˋ嚇ㄒㄧㄚˋ嚇ㄒㄧㄚˋ她ㄊㄚ。

「吼ㄏㄡˇ！」他ㄊㄚ大ㄉㄚˋ叫ㄐㄧㄠˋ一ㄧ聲ㄕㄥ。可ㄎㄜˇ是ㄕˋ李ㄌㄧˇ恩ㄣ被ㄅㄟˋ地ㄉㄧˋ上ㄕㄤˋ佩ㄆㄟˋ琪ㄑㄧˊ的ㄉㄜ˙醫ㄧ藥ㄧㄠˋ包ㄅㄠ絆ㄅㄢˋ到ㄉㄠˋ，整ㄓㄥˇ個ㄍㄜˋ人ㄖㄣˊ撲ㄆㄨ倒ㄉㄠˇ在ㄗㄞˋ地ㄉㄧˋ上ㄕㄤˋ。

on one's own 單獨地
fall flat 趴倒在地上

"Are you all right, Leon?" asked Patsy.

Leon **groaned** and rubbed his head. He felt **dizzy**.

Doctor Patsy opened her bag.
"Where does it hurt?" she asked.
"All over," moaned Leon.

「你還好吧？李恩？」佩琪問。

李恩一邊呻吟，一邊揉著頭。他覺得好暈喲！

打扮成醫生的佩琪打開她的醫藥包。

「你哪兒痛啊？」她問。

「我全身都痛。」李恩唉唉叫。

groan [gron] 動 呻吟
dizzy [`dɪzɪ] 形 暈眩的

It was lucky Patsy had lots of bandages with her. She used them all up.

"I can't move. What have you done to me?" moaned Leon.

"You said it hurt all over," replied Patsy.

幸好佩琪帶了一大堆繃帶在身邊。她把繃帶全纏在李恩身上。

「我不能動了！妳把我怎麼了呀？」李恩呻吟著。

「你不是說你全身都痛嗎？」佩琪回答。

Just then Miss Trotter stood up. She
clapped her hands. "The fancy dress parade
is about to start!"

就ᵗⁱⁿ在ᵗⁱⁿ這ᵗⁱⁿ個ᵗⁱⁿ時ᵗⁱⁿ候ᵗⁱⁿ，查ᵗⁱⁿ特ᵗⁱⁿ老ᵗⁱⁿ師ᵗⁱⁿ站ᵗⁱⁿ了ᵗⁱⁿ
起ᵗⁱⁿ來ᵗⁱⁿ。她ᵗⁱⁿ拍ᵗⁱⁿ拍ᵗⁱⁿ手ᵗⁱⁿ說ᵗⁱⁿ：「化ᵗⁱⁿ裝ᵗⁱⁿ遊ᵗⁱⁿ行ᵗⁱⁿ就ᵗⁱⁿ要ᵗⁱⁿ
開ᵗⁱⁿ始ᵗⁱⁿ了ᵗⁱⁿ！」

Patsy helped Leon to stand up. She led him over to **join** the **line**.

佩ㄟㄟ琪ㄑㄧ把ㄅㄚ李ㄌㄧ恩ㄣ扶ㄈㄨ了ㄌㄜ起ㄑㄧ來ㄌㄞ，領ㄌㄧㄥ著ㄓㄜ他ㄊㄚ
過ㄍㄨ去ㄑㄩ加ㄐㄧㄚ入ㄖㄨ遊ㄧㄡ行ㄒㄧㄥ隊ㄉㄨㄟ伍ㄨ。

join [dʒɔɪn] 動 加入
line [laɪn] 名 隊伍

Miss Trotter was the **judge**. She looked at all the costumes.

There were lots of good ones. But when she got to Leon she stopped.

"Is that you in there, Leon? What a clever idea to come as a **mummy**. You really do look scary!"

查特老師是裁判。她看著大家的裝扮。

有好幾個打扮得不錯。可是當她走到李恩身邊時，她停了下來。

「是你在裡邊嗎？李恩？你怎麼會想到裝扮成木乃伊呢？真是個聰明的點子！你看起來的確很嚇人呢！」

judge [dʒʌdʒ] 名 裁判
mummy [ˋmʌmɪ] 名 木乃伊

Leon won first prize for his fancy dress costume. The prize was a big box of **chocolates**. He **showed** them proudly to his friends.

"But how am I going to eat them?" he asked.

"**Never mind**," laughed Patsy. "We'll help you, Leon!"

李恩就因為這身「木乃伊」的裝扮而贏得首獎！獎品是一大盒巧克力。他得意洋洋地拿著巧克力向朋友們炫耀。

「可是我怎麼吃巧克力呀？」他問。

「別擔心啦！」佩琪笑著說：「我們會幫你吃的，李恩！」

chocolate [ˋtʃɔkəlɪt] 名 巧克力
show [ʃo] 動 展示
mind [maɪnd] 副 介意
Never mind! 別擔心

皇冠英漢辭典（革新版）
新英漢辭典（增訂完美版）

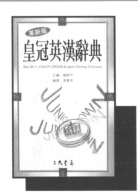

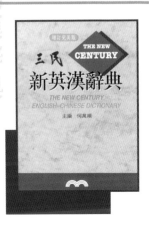

你可知道——

rubberneck不是「塑膠脖子」，而是指「好奇的人」？
four-and-two 不是「四跟二」，而是「三明治」？
eighty-eight 不是「八十八」，而是「鋼琴鍵盤」？
我們說「永遠的二十五歲」來表示「永遠年輕」，而美國人說的是「永遠的二十一歲」（perpetual 21）！

美國日常語辭典

莊信正、楊榮華主編

◎ 描寫美國真實面貌，讓你不只學好美語，更進一步瞭解美國社會與文化！

◎ 廣泛蒐集美國人日常生活的語彙，是一本能伴你暢遊美國的最佳工具書！

◎ 從日常生活的角度出發，自日常用品、飲食文化、文學、藝術、到常見俚語，帶領你感受美語及其所代表的文化內涵，讓學習美語的過程不再只是背誦單字和強記文法句型的單調練習。

一般辭典查不到的文化意涵，讓它來告訴你！

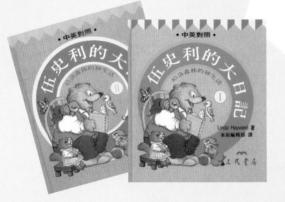

自然英語系列

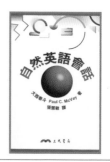

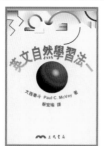

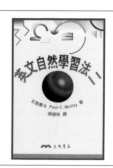

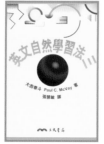

國家圖書館出版品預行編目資料

李恩妙扮裝 = Leon's fancy dress day / Alan MacDonald 著；Sally-Anne Lambert 繪；楊綺華譯——初版．——臺北市：三民，民88
面； 公分
ISBN 957-14-3004-8（平裝）

1.英國語言—讀本

805.18 88004010

網際網路位址 http : // www. sanmin. com. tw

©李恩妙扮裝

著作人 Alan MacDonald
繪圖者 Sally-Anne Lambert
譯 者 楊綺華
發行人 劉振強
著作財產權人 三民書局股份有限公司
臺北市復興北路三八六號
發行所 三民書局股份有限公司
地址／臺北市復興北路三八六號
電話／二五〇〇六六〇〇
郵撥／〇〇〇九九九八——五號
印刷所 三民書局股份有限公司
門市部 復北店／臺北市復興北路三八六號
重南店／臺北市重慶南路一段六十一號
初 版 中華民國八十八年九月
編 號 S85477
定 價 新臺幣壹佰壹拾元整
行政院新聞局登記證局版臺業字第〇二〇〇號

ISBN 957-14-3004-8（平裝）

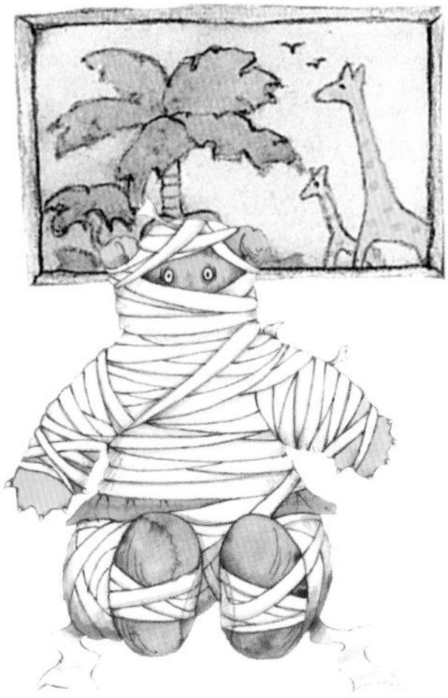